喂，伊豬豬，你拿拿看。這麼重，一定是黃金做成的。
哇，現在黃金可以賣到很高很高的價錢耶。佐羅力大師你的運氣真好。
哼——我的運氣鼻子上的本來已現在被又腫起
嗚嗚——
又麻又痛
這趟沒有目標的旅行，本大爺也走得有點累了，如果能賣掉這個金燈，租下一間豪宅安安穩穩的過日子，感覺好像也很不錯。
嗯，佐羅力大師說的對，要是能有一段時間，不用在野外四處找睡覺的地方，那真的很棒耶。對吧，魯豬豬，很開心喔！
嗚——除了膿包被打到很痛，剛剛吃的魷魚絲又卡在牙縫裡，嗚，真是難受死了啦。
嘖嘖
嘶呵

怪傑佐羅力之
佐羅力變成燈神～～了！

文·圖 **原裕** 譯 周姚萍

佐羅力決定把金燈賣掉，之後再把賺來的大把鈔票，用來租一間豪華的屋子。有了這個打算後，他立刻
跑到房屋仲介公司，盯著租屋廣告仔細的看哪看哪。
不動產
3房1廳
不動產

一旦開始尋找合適的豪宅，想要的條件愈想愈多，他們的夢也愈做愈大。
首先呢，我們每個人要有自己的房間，而且每個房間都要有六張塌塌米那麼大。
我希望廚房裡能夠有一個超大容量的冰箱，裡頭要隨時都塞滿了食物。
客廳至少要有十二張塌塌米那麼大，讓大家能夠好好的放鬆、休息。還要有五十吋的電視，可以隨時觀賞運動賽事，我們三個一起打電動！
儲物櫃的架子上各種口味的泡麵，一定都要囤積五十包以上才行。

為了預防隨時可能發生的緊急狀況，也要儲存乾糧和瓶裝水。
夏天要冷氣，冬天要暖氣，暖爐也是一定要的啦。
廁所一定要裝免治馬桶。
浴缸的大小要讓雙腳能夠充分舒展，那才夠完美。
要找到這種格局配備，又租金超便宜的豪宅，應該是不會有這麼好康的事，對吧？魯豬豬。
嗯、嗯。什麼呀？我現在已經管不了別的事了啦……

魯豬豬一心只有
鼻子上的膿包和
卡在牙縫中的
魷魚絲，
所以他什麼
都沒聽進去。
「笨蛋——
本大爺講的事
與我們重要的新生活有關耶。

算了，你就在那裡把這個燈擦得更亮一點，
好賣出更高的價錢吧。」
魯豬豬發現自己惹毛了佐羅力，
所以他必須好好表現，
才能挽回他在佐羅力大師心中的評價。
他全神貫注的擦拭金燈，
想要擦得金燦燦的，
擦到讓佐羅力發出讚嘆。
當他一擦——

呼咻咻咻咻——咻

金燈裡竟然冒出一個燈神。

「我的主人，燈神聽候差遣。我可以為您達成三個願望，不管什麼願望，都請您吩咐。」

「咦？啊——那我想請你幫我治好鼻子上的膿包——」

魯豬豬突然聽到燈神說的這些話，

立刻直接說出自己的煩惱。

「這太簡單了。」

燈神輕輕碰了一下

魯豬豬的鼻頭，

然後

咻一聲，

回到金燈裡。

結果——

魯豬豬鼻頭的膿包消失得無影無蹤。

他太開心了，所以又開始摩擦神燈，

並且小聲的說：

「如果有牙籤的話，那就太棒了——」

「我知道了，主人。」

隨著聲音，燈神從金燈裡冒出來，

將牙籤交給魯豬豬，

一轉眼的時間，

又回到金燈裡去了。

那是什麼呀？

佐羅力和

伊豬豬一邊討論找房子的事，

一邊看到燈神

一下子跑出來，

一下子又跑進去。

他們兩個目瞪口呆的問：

「那個……會是神燈嗎？」

正當他們兩個驚訝不已

的時候，

哇，果然清得乾乾淨淨耶。
魷魚絲

燈神悄悄從燈裡探出來，小聲的對魯豬豬說：

喂喂，我說主人哪，
如果你還沒想到第三個願望，
我給您一個建議。
剛剛旁邊那兩位先生講到的
完美格局與配備，
和我在神燈裡的房間完全吻合耶。
怎麼樣？和我做個交換吧。
嗯，當然房租全免，
請你們一定要進來看看
這個豪華房間。

對魯豬豬來說，這是取悅佐羅力大師的大好機會。

「佐羅力大師，聽說我們可以住進您心目中理想的房間，而且完全免費喔，要不要進去看看？」

「真的有這種好事？」

佐羅力和伊豬豬大叫。

魯豬豬得意洋洋的摩擦神燈，說：

「請讓佐羅力大師和伊豬豬住進燈神的神燈裡。」

他一說出第三個願望——

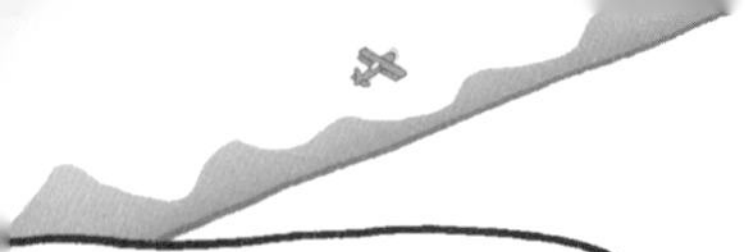

佐羅力和伊豬豬就被吸進神燈裡，
這時燈神現身了。
單獨留在外面的魯豬豬慌張的說：
「糟了，我忘記講我的名字了。
嘿，我也想進去行不行？」

真抱歉。
您的願望已經全部都實現了。
我當了五百三十年的燈神，
早就覺得很厭煩了，
所以一直尋找著從神燈出來的機會，
多虧有你幫我實現願望。

現在我得到自由啦。
未來就由代替我進入神燈的那兩位，
繼續接替我的工作。
請你幫忙轉達嘍，
再見啦。

燈神話一說完，
就愉快的踩著
輕快步伐，
不知往哪裡去了。
這時，佐羅力與
伊豬豬——

在神燈裡面跑來跑去，開心極了。

哇——真的和剛剛腦子裡畫出來的理想房子一模一樣耶，
能夠免費住在這裡，
簡直就像作夢一樣呀……
咦？怎麼沒看見玄關和大門，
那這個房間要從哪裡進出呢？
佐羅力大師，
大冰箱裡面塞滿了吃的耶。
也有好多好多速食泡麵。
我決定在這裡住下來了。
咦？魯豬豬呢？
他到哪裡去了？

伊豬豬大聲一喊，這時從外面傳來了聲音。

嗚嗚——你們是在神燈裡面啦，只有我一個人進不去，怎麼辦，哇呀——
什麼！這裡是神燈裡面！
啊，對了，剛剛燈神跑出來的時候，他說要由你們頂替他的工作。佐羅力大師，你們要當燈神了啦。
啥？燈神？咦，我們什麼時候被人換上這身怪衣服了啦？
佐羅力不經意的轉頭望向牆壁——

燈神的心得以及

如何享受神燈內的生活

那裡貼著一張寫得密密麻麻的紙。

● 進入神燈裡的人，就成了神燈的燈神，一定得執行以下的工作。

● 撿到這個神燈並且摩擦神燈的人，便是你的主人，你要為他達成三個願望。

關於神燈的守則

㊟ 在達成三個願望之前，如果有其他人撿到神燈，即使他摩擦神燈，也不會產生完成願望的效果。

1
您是在呼叫我嗎?
2
我想要泡在「拉麵湯」裡面。
是的，遵命，使命必達我的主人。
3
我的願望達成了耶，謝謝。
那麼，我就先回去了哦。

○當主人摩擦了神燈，就算你正在神燈裡面發懶休息，也會立刻從神燈壺嘴隨著煙霧冒出來。

○當主人說出願望以後，要竭盡心力的如他所願，完成他的願望。

○當願望達成了之後，燈神就會回到神燈裡去。直到下一回主人再次摩擦神燈之前，都請在裡面待命。

☆依照以上的順序完成三個願望後，神燈就會從主人的手中飛走，遠遠的飛往不知名的地方。

（詳情請仔細閱讀常見疑問篇）

有關神燈的常見疑問請看這邊

● 為什麼只要三個願望完成後，神燈就會飛得遠遠的呢？

如果神燈長時間留在拾獲者的手上， 他就會將神燈拿給朋友或親戚一一輪流達成願望。 神燈飛走就是為了預防這種狀況。
神燈的好運只會降臨在特定的人身上。

● 如果神燈一直沒被人發現的話，該怎麼辦呢？

神燈可能飛到沙漠或大海等人們幾乎不會經過的地方。
這時就算你運氣好啦， 不用工作， 悠哉的待在豪華的房間裡過日子
（根據世界紀錄， 神燈沒被撿到的最長時間為 23 年 3 個月）

● 如果到神燈外面去的時候，神燈被打破或熔化，該怎麼辦呢？

很遺憾的， 如果燈神失去了居住的地方， 就得從這個世界上消失。
所以請特別注意， 千千萬萬別讓主人把神燈弄壞。

● 要是不想再當燈神了，怎麼做才能解除燈神身分離開神燈？

的確有人在長時間擔任燈神之後， 因為厭煩而產生想脫離的念頭，
這時候拜託主人與你交換， 是個好方法。 不過， 依規定沒有辦法
勉強不想這麼做的人進入神燈裡。 所以一定要好好確認對方的意願
再與他進行交換。

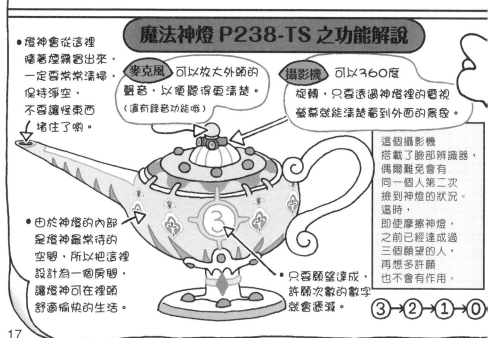

魔法神燈 P238-TS 之功能解說

●燈神會從這裡隨著煙霧冒出來，一定要常常清掃，保持淨空，不要讓怪東西堵住了喲。
麥克風 可以放大外頭的聲音，以便聽得更清楚。（還有錄音功能哦）
攝影機 可以360度旋轉，只要透過神燈裡的電視螢幕就能清楚看到外面的景象。
●由於神燈的內部是燈神最常待的空間，所以把這裡設計為一個房間，讓燈神可在裡頭舒適愉快的生活。
●只要願望達成，許願次數的數字就會遞減。

這個攝影機
搭載了臉部辨識器，
偶爾難免會有
同一個人第二次
撿到神燈的狀況。
這時，
即使摩擦神燈，
之前已經達成過
三個願望的人，
再想多許願
也不會有作用。

③→②→①→⓪

「唔——看來，想要
從這個神燈出去，
除了拜託某個人和我們交換，
好像就沒有別的辦法了。
喂，魯豬豬，我們被燈神設計了啦。
這麼一來，就得用盡所有方法，
找人來代替我們住進這裡。
你知不知道？
還不快去找！」

「知、知道了。」

魯豬豬收到佐羅力從神燈裡傳來的命令後，馬上跑進市區，大聲詢問有沒有人想要摩擦神燈。

不過，根本沒有人願意停下來聆聽這個奇怪的要求。

終於，在魯豬豬問到第二十八個人時，這個人總算停下了腳步——

「嘿——，只要摩擦這個神燈，就可以達成三個願望喔，你要不要許個願看看呢？」

魯豬豬拿著神燈向那個人強力推薦。

「喔，這該不會是什麼強迫推銷的賣燈騙術吧？」

「不是、不是，請相信我。」

那個人勉勉強強的摩擦了神燈，

於是一身燈神裝扮的佐羅力和伊豬豬便現身了。

「嗚哇，還真的有燈神耶，那就來試試看能不能讓我得到一百克拉的鑽戒吧。」

那個男人喜上眉梢的說。

「好，明白了，我的主人。一百克拉的鑽戒，出現吧——」

佐羅力大聲重複這個願望。

滿心期待
……
……
喂，根本什麼都沒出現嘛。
是啊，真的好奇怪呀。
主人，請、請您等一等。
我還以為只要進入神燈，就會擁有燈神的能力。
難道說，
即使當了燈神，我們還是必須靠自己的力量，去完成別人的願望嗎？
那也太難了吧。
不過，如果不這麼做的話，就出不了神燈，只好拚了。
嘿，魯豬豬，你和本大爺一起來想想我們做得到的事吧。

嗯，這份清單呢，上面寫著我們能夠達成的願望，請多多指教。
啊，這樣嗎？有哪些呢？
佐羅力 伊豬豬 燈神能幫你完成的願望清單！
☆幫你買一瓶罐裝咖啡。
☆幫你搥背50下。
☆幫掏耳朵10分鐘。
☆兩個燈神一起為你唱搖籃曲。
☆為你連續說出7個冷笑話。
☆用放屁聲演奏歌曲〈橡實滾哪滾〉。
☆徹底拍足5分鐘馬屁，為你製造好心情。
特別推薦
☆與佐羅力和伊豬豬交換，進入神燈裡·ㄉㄜ房間享受。
這都是些什麼鬼呀。像這樣的願望根本就不需要交給你們來實現哪。
雖然有點不好意思，但是如果您不能接受，我們會很慘的，所以千萬拜託了。

那好吧，那就請你們幫我買一罐咖啡好了。
是，遵命，我尊貴的主人。
請給錢。
啊？什麼？
因為我們身上一毛錢也沒有……
咦？想不到，連錢都得自己出。
喂，你說這算是達成我的願望嗎？根本就是逼我照著他的話去做吧？
……
答答答答答答答答答
您的咖啡來了，請問零錢要還給您嗎？
要。
既然第一個願望已經順利完成，我們要回神燈去了，那麼第二個願望也要繼續拜託您喔。
那麼，就請你們幫我搥背五十下好了。
擦擦擦擦
遵命～感謝你我的主人～
呼哇嗚～
這次換伊豬豬登場了。
咚咚咚咚咚咚咚咚咚咚
45
46
47
48
啊，痛痛痛。搥背技術好差。
算了，我不玩了。
這個爛神燈還你們！
丟
啊？

如果您還沒想到第三個願望，請一定要選這個特別推薦——進入神燈裡看一看。
就選它好嗎？
才不要。
可是佐羅力大師已經完成你的兩個願望了，現在只要你再聽一次我們的請求，許個願而已，難道不行嗎？
我還有工作，先走了。
要是你不肯幫忙許下第三個願望的話，我就要一直跟在主人身後一直追著主人跑，一直追到地獄的盡頭喔。
哇，那你們不就成了神燈跟蹤狂嗎？
好、好，我許願。
擦擦
擦擦
好的，那就千萬拜託了！
鞠躬
我的第三個願望就是，請讓這三個人和神燈一起立刻從我眼前消失。
咻呀呀
聽完主人的願望，佐羅力他們立刻被吸進神燈中，連同抓著神燈的魯豬豬，一起往空中高高飛去。
哇呀——
咻呼——咻
呼——得救了。莫名其妙被怪人糾纏了老半天，我得快回去工作了。

神燈帶著魯豬豬，
掉落在一棵大樹下。
樹下有一對年輕男女
站在那兒。

這是神燈喔。
只要摩擦神燈，
就可以實現三個願望。
你們要不要試試呢？

「這麼夢幻的事不可能發生吧？」

女孩一臉哀傷的搖搖頭。

「不，我們來試試。要是魔法或奇蹟因此發生，那就太好了。」

臉上帶著悲苦表情的男孩，摩擦了神燈，

這時燈神佐羅力和伊豬豬隨即一同現身，並且打開他們的「願望清單」讓男孩與女孩看。

他們看過之後，立刻垂下肩膀。

這些呢，
就是我們幾個
做得到的事，
嘻嘻嘻。
伊豬豬，
你好好喔。
這個
分給你
一點吧。
猛嚼
猛嚼
猛嚼
猛嚼

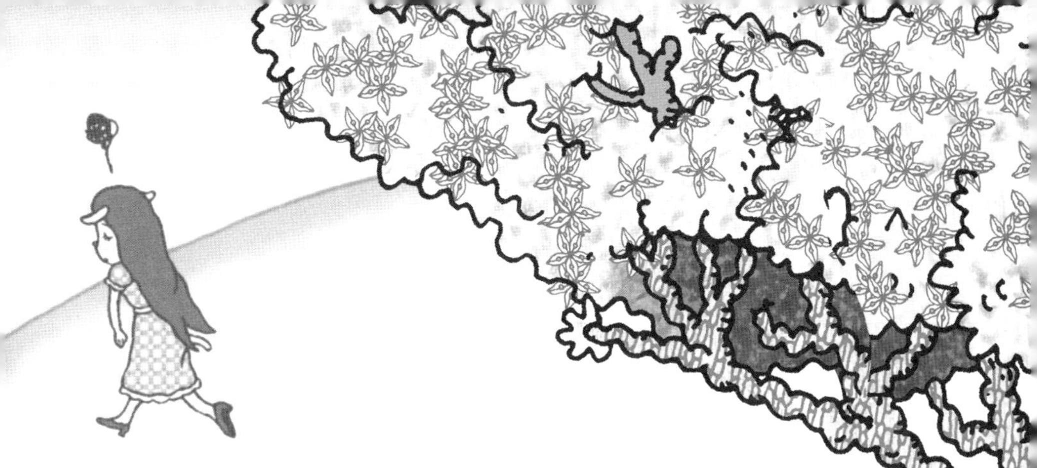

「這什麼呀？
我就知道奇蹟是
不會降臨的。波爾基，
我們倆不可能結婚了。」
「喂，你們發生了什麼事？
說來聽聽吧。」
佐羅力常常被別人甩，聽到女孩說的話，
就好像自己的事一樣，
非常關心。

這位自稱來自「這兒村」的青年波爾基，開始為佐羅力他們說起這塊土地的歷史。

「我所居住的『這兒村』，與剛剛還在這邊的小蠻居住的『那兒村』，兩座村莊已經交惡三百多年了。起因就是為了

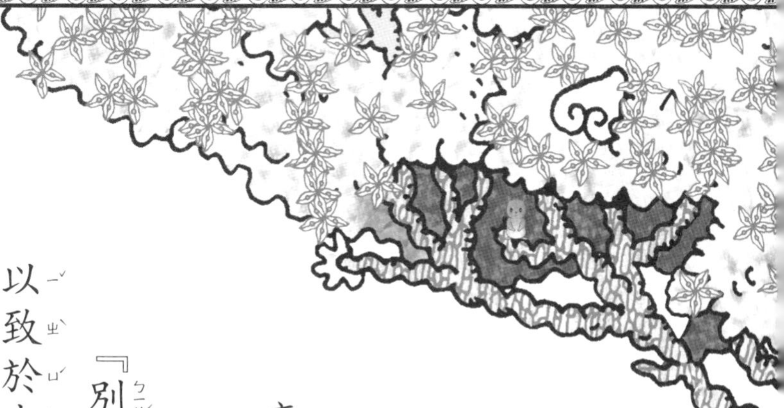

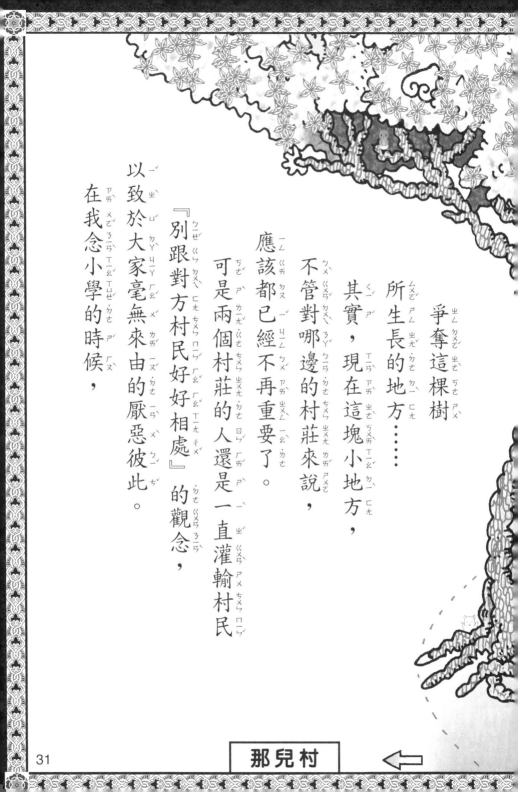

爭奪這棵樹
所生長的地方……
其實，現在這塊小地方，
不管對哪邊的村莊來說，
應該都已經不再重要了。
可是兩個村莊的人還是一直灌輸村民
『別跟對方村民好好相處』的觀念，
以致於大家毫無來由的厭惡彼此。
在我念小學的時候，

那兒村

遇見了那兒村的小蜜。

我與小蜜交談後，互相體認到我們的想法很一致，

我們都想讓這種無意義的紛爭與怨恨快點平息，

盡早恢復和平的關係。

幸虧，我是「這兒村」村長的兒子，

小蜜是「那兒村」村長的女兒，

所以我們就發誓在成長為大人前，

都要努力說服爸媽，

讓兩村的關係變好。

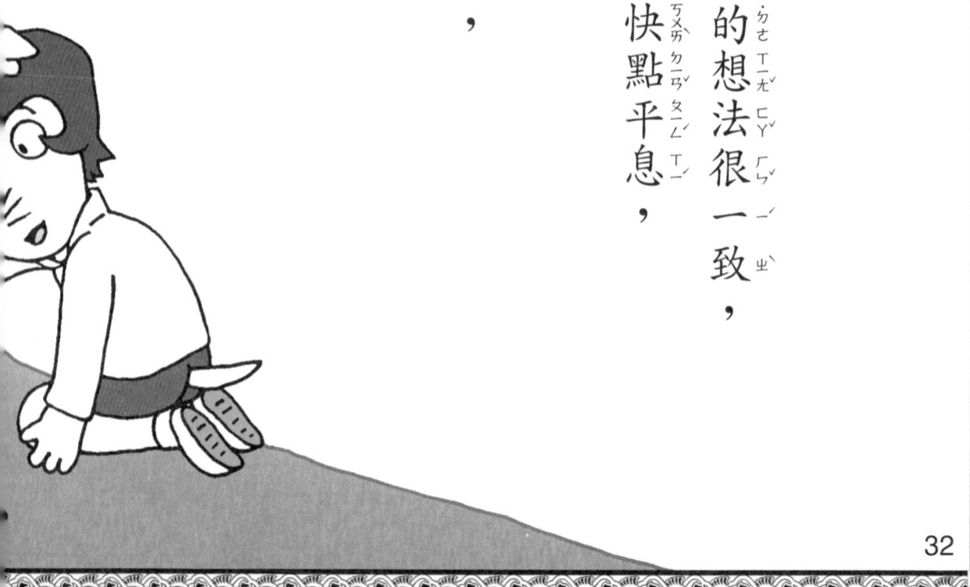

當時，
我們兩人在引起紛爭的
這塊土地上，種下樹苗。
我們還許下願望，
期盼當樹苗長成大樹時，
兩個村落能和平相處、互助合作。
不過，我們打算用來
作為和平象徵的
這棵樹……

名為大大樹的這種樹，所結的果實非常美味，滋味奇妙、難以形容。更由於電視、報紙、網路的報導，而成為人們津津樂道的話題。

每讀新聞
珍稀植物：大大樹
全球數量大減，列為瀕危物種！
大大樹的果實

竟然是世界上非常稀有而且貴重的瀕危物種。

瀕危物種

指生長數量急遽減少，可能會從這個世界上消失的生物。

原本數量就很少的大大樹，頓時成了全世界的焦點，大家發瘋似的採光大大樹的果實，更導致全世界只剩下非常稀少的大大樹。

這就是一棵珍貴的樹木，為什麼會生長在這一塊紛紛擾擾的土地上的原因。

我們兩座村莊，因為這棵樹的所有權問題，紛爭變得更為劇烈。儘管我一再勸說父親與村民，告訴他們這是我和小蜜一起特別培育種植的珍貴樹木，如果兩村村民共同合作，讓力量加倍，這裡一定會成為觀光勝地。偏偏兩邊都互不相讓，結果仇視的狀況比以前更加嚴重。」

今天，這棵樹的一顆果實不見了，
為了追查犯人，兩個村吵得更凶，
關係已經不可能再修復了。
小蜜也因為我們所種植的樹，
竟然讓兩村的關係更惡化而傷心欲絕，
她已經完全放棄、不想再管了。

波爾基深深的嘆了一口氣。
於是，佐羅力刷刷刷的
把剛剛給他們看過的
「願望清單」撕毀，
然後說：

「很遺憾的，雖然本大爺不會魔法，
但是本大爺擁有智慧和勇氣。
我有一個建議你考慮看看，
你可以許下兩個願望，
要求我們讓兩個村莊關係變好。
如果我們做到了，
你就得再許第三個願望，
答應進入神燈取代我們，
幫助我們重獲自由，如何？」

「我已經不知道怎麼做才好了。
不過，如果還有能夠讓兩個村莊
關係變好的方法，
我想，我會開開心心進入神燈的。」
波爾基下定了決心。
「好，既然決定了，
那就讓本大爺來利用這棵樹想想解決的辦法吧。」
佐羅力正要伸手摸大大樹時，

你要伸手亂碰這棵「那兒村」財產的大大樹，馬上就要變成會有麻煩喔。
啊，是小蜜的爸爸。
哼，別叫我，我可不是你爸爸。剛剛小蜜哭著回家去了，應該就是你這傢伙惹哭她的吧。
由於「那兒村」的村長一臉不高興，所以佐羅力跑過去想當和事佬。

唉呀唉呀，您別這麼說嘛。
哼，你是誰呀？該不會是被「這兒村」的人雇來，想用占卜騙術來唬人的神棍吧。閃邊點，我們「那兒村」請到的，可是一位很厲害的學者。來，有請老師。
呵嘻嘻嘻嘻，謝謝啦。我叫魯巴列，來到這裡是為了以科學的方式做調查，好確認這棵大大樹到底屬於哪個村子。我在那個山丘上搭了帳篷，調查了大約一個月，結果……就是，你們看樹根往這兒長，比起往那兒長，要更長兩公分，這就足以證明大大樹是那兒村的所有物。告訴你，這三百二十年來的爭議想要有定論，只不過是時間早晚的問題而已……

「喂，你這個怪怪的傢伙。」

佐羅力氣得往前跳了一步。

「你說什麼？真沒禮貌。」

魯巴列反過來用力踩住佐羅力甩出去剛好超過兩村村界的尾巴，還故意說：

「唉呀呀，失禮了。不過，我之前從來沒看過你。難道說，昨天大大樹的果實不見了，就是你搞的鬼？」

魯巴列露出奸詐的笑容說。這時，

大大樹竟然往那兒村的方向移動了一些？

「這、這是怎麼回事？」

在場所有人都瞪大了眼睛，只有魯巴列裝出很冷靜的模樣，開始說明。

我想這是因為有輕微地震的關係吧。或者我們也可以說是這棵樹自己想成為「那兒村」所有吧。呵嘻嘻嘻嘻。

哦哦，奇蹟真的發生了！自從魯巴列先生來了以後，「那兒村」就好事不斷啦。來吧，魯巴列先生，我已經準備了豪華晚餐要來好好的招待你，請跟我來。

村長帶著魯巴列離開了。

「可疑，太可疑了。」

佐羅力對握緊拳頭的波爾基說：

「嘿，你快過來看看這個。」

佐羅力指著樹幹上的腳印。

接著，佐羅力將剛剛被魯巴列踩過的尾巴給大家看。上頭清清楚楚印著一個完全相同的腳印。

這些腳印是昨天爬到樹上偷走果實的犯人，所留下來的。
他故意誣賴我偷走果實。絕對是個可疑的傢伙。
這麼說來，小蜜和她爸爸，他們有可能也被那個人騙了。

波爾基突然變得很擔心，
「好，佐羅力先生，
現在我要許下第一個願望。
請你找到魯巴列偷走果實的
確實證據。」
「嗯——如果是這個願望的話，
應該沒問題。好，我接受你許願。」
正當佐羅力拍著胸脯答應時，
不遠處傳來怪異的慘叫聲。

原來是魯豬豬跌了一跤，
他手上的神燈不知掉到哪兒去了。
「喂，喂，你在幹麼呀？竟然連我們的家鄉都弄不見了。快點找回來！」
佐羅力一聲令下，
大家立刻分頭
在大大樹附近找呀找。
過了一陣子，
撥開草叢仔細尋找的佐羅力，

發現地面有一條裂開的縫。
可能是剛剛那個小地震造成的吧。

難道說，是從這個縫隙掉進去了？不行，現在那個燈對我們來說，是很重要的居住場所。必須想辦法先找回來再說。

佐羅力和伊豬豬挖開一個洞，跳下去一看——

令人吃驚的是，整個地下被人開闢成一個大洞穴。而大大樹的樹根正下方，有一輛車子。

剛剛被認為是地震造成的搖晃，看來毫無疑問是這輛車子在移動的關係。

這到底是怎麼一回事呢？是誰故意在珍稀樹木的下方架設了這樣的裝置？

這會是其中哪一個村莊想要用來保護樹木嗎？

佐羅力所要尋找的神燈，剛剛好就掉在洞穴的底部。

他撿起神燈後，也發現了往裡頭延伸而去的隧道。

隧道會通往哪裡呢？他們抱著疑問往隧道盡頭走去，

魯巴列
大大樹調查團
走到隧道盡頭，他們發現頭頂上方有個門，進門後一看——
喔，這裡是魯巴列的帳篷耶。那個傢伙真的是愈來愈可疑。
正當佐羅力在帳篷內準備仔細調查時，伊豬豬循著原路走回去，要把波爾基和魯豬豬叫進來。
有關那個車子的裝置，我想聽聽看波爾基的想法。

神燈暫時先放在這兒……
嗯……奇怪，都沒什麼發現耶。

送走伊豬豬後，
佐羅力將神燈放在桌子上。
他四處查看，
心裡預估應該可以在魯巴列的
這個帳篷內，找到被偷走的
那顆大大樹果實。

佐羅力很仔細的
翻找堆積在桌上的資料，
並且檢查機器、皮箱等，
卻完全沒有發現
像是大大樹果實
或是種子的東西。
當他打開放置在
帳篷一角的冰箱門時，
魯巴列和手下波魯

突然回來了。

是誰！是誰鬼鬼祟祟的躲在冰箱門後面。

在昏暗的帳篷內，被打開的冰箱裡頭透出亮光，馬上讓魯巴列他們知道那兒有人。

「嗚哇！慘了！」

當佐羅力不自覺的，

想把自己的臉藏進冰箱裡時，
他的眼前竟然出現一顆
被咬過的大大樹果實。

「就是這個！」

佐羅力才一把
抓住那顆果實，
魯巴列就探頭
朝冰箱裡瞧。

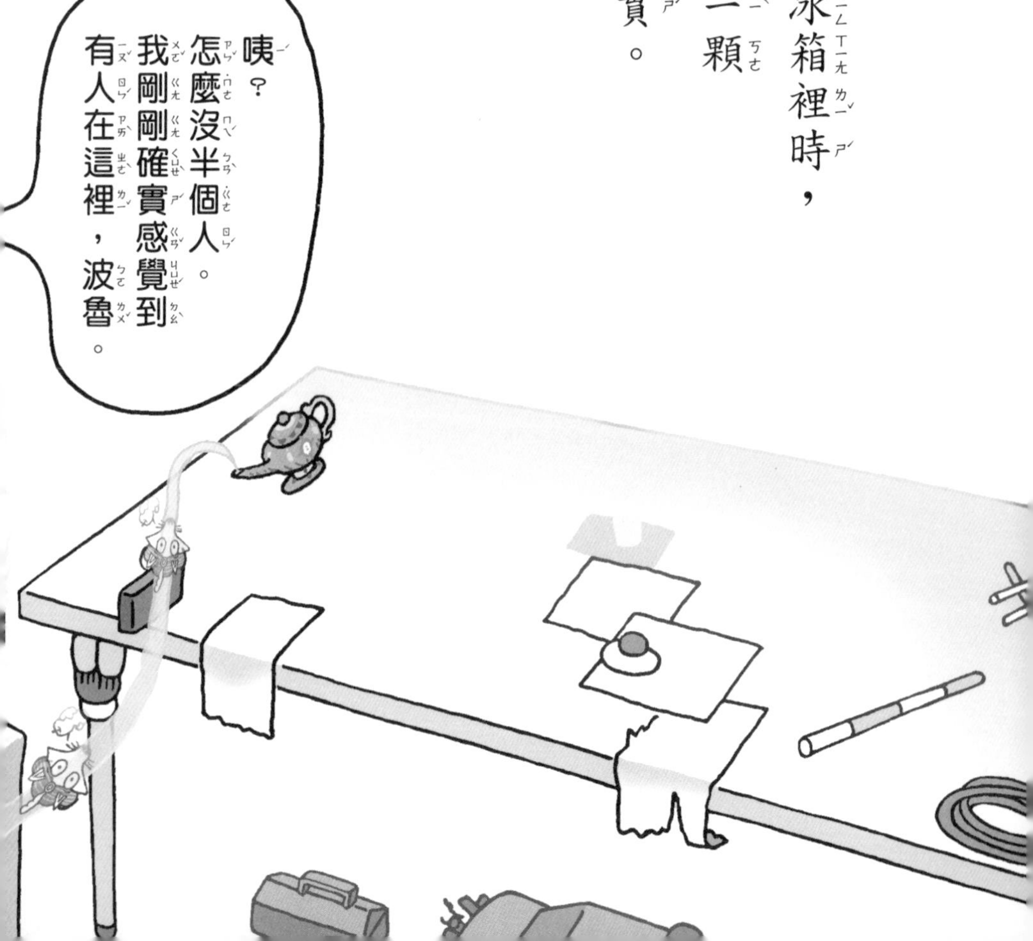
咦？
怎麼沒半個人。
我剛剛確實感覺到
有人在這裡，波魯。

沒錯，因為燈神佐羅力剛巧完成波爾基許下的第一個願望——
「找到魯巴列偷走果實的確實證據」，
因此，他就被吸回神燈裡去了。
當然，

是啊，我也覺得有人，不過也可能是我們想太多了吧。

神燈裡，剛才跑出去叫波爾基的另一位燈神伊豬豬，他也回來了。
呼，真是好險哪。就讓本大爺用這顆被吃一半的大大樹果實，將魯巴列的真面目揭穿給大家看吧。
不過，伊豬豬，你有沒有告訴波爾基和魯豬豬要過來這裡呢？
那個呀……我才剛剛把頭探出地面，看到魯豬豬，向他打了招呼——
啊
嘿，魯豬豬。

正當佐羅力抱著頭乾著急，這時，神燈突然劇烈的搖晃起來。

魯巴列一邊說，一邊拿起神燈。

那正好耶。魯巴列先生，四周很暗看不清楚，所以請把神燈借給我。
這個燈是裝飾用的，不能夠點火。

那就用這種方式使用吧。
波魯從魯巴列手上將神燈拿過來，隨即將蠟燭塞進神燈嘴裡，點上火，然後放在桌上開始工作。

真是非常抱歉。因為我不小心按到了按鍵，所以，車子就移動了。
唉呀呀，白天，大大樹竟然動了一下，害我嚇一大跳，差點慌了神呢。
不過，我騙大家說那是地震，「那兒村」的村長還說是奇蹟出現，他看起來非常高興呢。
呵嘻嘻嘻嘻。

計畫馬上就要付諸實現了喲。
翻！
自從一個星期前，魯巴列先生讓我看到了這個……
波魯將身邊的一塊白板翻轉過來。

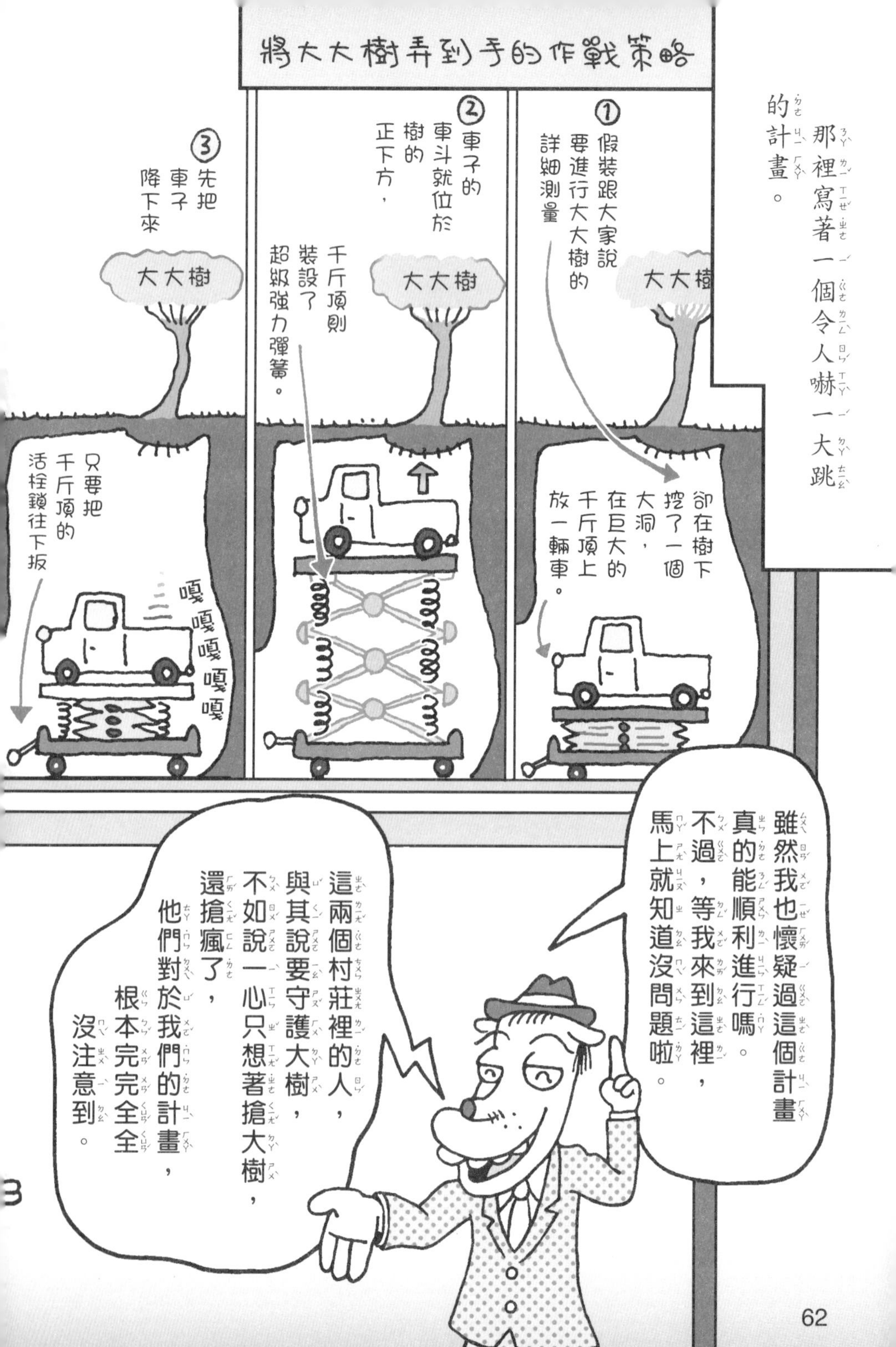

那裡寫著一個令人嚇一大跳的計畫。
將大大樹弄到手的作戰策略
①假裝跟大家說要進行大大樹的詳細測量
卻在樹下挖了一個大洞，在巨大的千斤頂上放一輛車。
大大樹
②車子的車斗就位於樹的正下方，
千斤頂則裝設了超級強力彈簧。
大大樹
③先把車子降下來
大大樹
只要把千斤頂的活栓鎖往下扳
嘎嘎嘎嘎嘎
雖然我也懷疑過這個計畫真的能順利進行嗎。不過，等我來到這裡，馬上就知道沒問題啦。
這兩個村莊裡的人，與其說要守護大樹，不如說一心只想著搶大樹，還搶瘋了，他們對於我們的計畫，根本完完全全沒注意到。

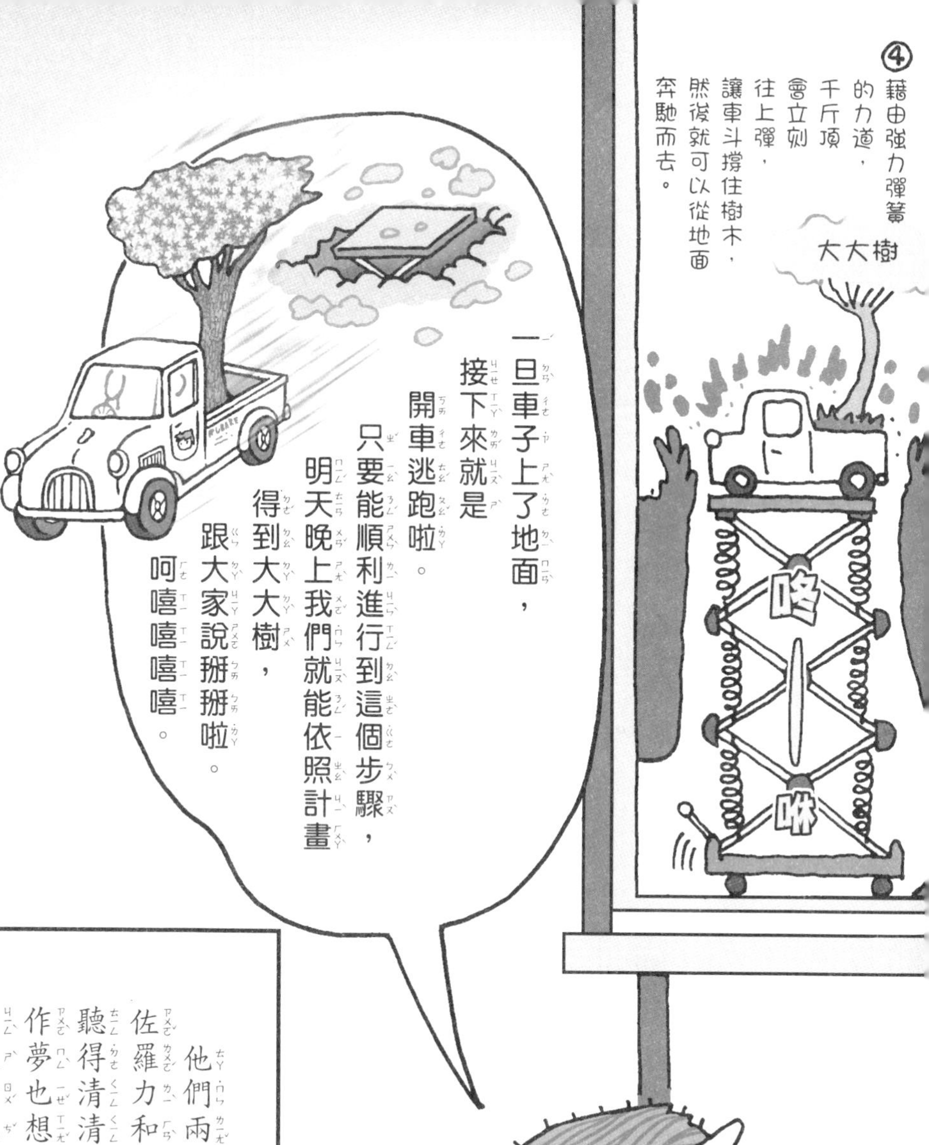

④藉由強力彈簧的力道，千斤頂會立刻往上彈，讓車斗撐住樹木，然後就可以從地面奔馳而去。
大大樹
咚
咻
一旦車子上了地面，接下來就是開車逃跑啦。只要能順利進行到這個步驟，明天晚上我們就能依照計畫得到大大樹，跟大家說掰掰啦。呵嘻嘻嘻嘻。

他們兩個的對話，被神燈裡的佐羅力和伊豬豬一字不漏聽得清清楚楚。兩人真是作夢也想不到事情的真相竟是如此。只不過，

儘管知道了一切，
現在的佐羅力和伊豬豬，
卻沒辦法採取任何行動。
因為他們無法依照自己所願，
離開神燈到外面去。
兩人只能在神燈裡，
眼睜睜看著這個陰謀詭計，
即將在不久之後
得逞。

這時，突然傳來腳步聲，那聲音愈來愈近。

魯巴列連忙叫波魯停下手邊的工作。接著，他飛快的將白板翻回原樣——

原來是「那兒村」的村長帶著他的女兒來了。

「魯巴列先生，這是我的女兒小蜜。」

「喔，長得真漂亮啊。」

「我女兒也到適婚年齡了，我想說，她如果能和像您一樣了不起的學者交往的話，那就太好了。對吧，小蜜。」

「嗯，爸爸說什麼，我都會聽。」

已經放棄一切的小蜜，
眼神渙散的望向桌子。
她看見桌上正放著
今天早上她與波爾基一起看到的怪燈。
「唔？為什麼它會在那裡呢？」
小蜜趁著爸爸與魯巴列聊得正開心時，
跑過去拿起神燈。
接著，她便聽到
有人說話的聲音。

「小蜜小姐，請您仔細聽我說。」

儘管小蜜覺得很吃驚，
她卻還是轉身背對大家，
豎起耳朵聆聽神燈裡傳出的聲音。

「你看得到那邊地板上的門吧？
門的下方藏著
要將大大樹偷走的裝置。

這個計畫就寫在
那邊那塊白板的背面。
小蜜小姐，
本大爺保證一定會
把魯巴列的惡行統統揭穿。
能不能請你將這個神燈拿去
交給波爾基呢？」

雖然佐羅力這樣向小蜜拜託，但是——

小蜜卻還沒辦法相信這個神燈所說的事。
魯巴列若無其事的回答道。
嘿，你們說這扇地板門的下面，有什麼東西呢？
呵嘻嘻嘻嘻，那只是為了調查大樹而挖的一個洞而已啦。裡面的路很難走，而且相當危險，所以沒辦法帶你進去。
小蜜聽到這些話，

跑向白板那兒，試著將板子翻轉過來。結果，
啊，原來那個燈講的話全是真的。嘿，爸爸你快看，這裡寫著要偷走那棵樹的計畫。
什麼！魯巴列先生，你居然是這種人。
翻！
真不知道你是從哪裡知道的，實在是個愛破壞我好事的小姐。
魯巴列說著——

一轉眼的功夫，小蜜和「那兒村」的村長，已經都被綁在椅子上動彈不得。

既然事情已經全部被你們知道了，那麼，在這個計畫完成之前，你們誰也別想走出這裡一步。

真糟糕，這麼一來，
就沒有人可以
幫助佐羅力他們，
把神燈拿出去
交給波爾基了。

而且，波魯插進神燈嘴裡
的蠟燭，開始融化了，
蠟淚不斷流入燈內。
就在這時，

地板的門被猛力打開，魯豬豬、波爾基和「這兒村」的村長，全部一躍而出。

原來剛才伊豬豬探出地面時，他手上拿著關東煮，魯豬豬無論如何都想吃一口，所以堅持追到這兒來。波爾基則是因為發現了樹下的裝置，因此他與父親一起跑來調查。

伊豬豬，你居然跟我秀了你手上的關東煮，然後就跑了，真的超過分耶，你竟然連讓我咬一小口都不肯！
碰ー咚
波爾基的父親就是這兒村的村長

當波爾基出現的時候，
佐羅力心想，這下子他和伊豬豬
就一定能從神燈裡出去了，
沒想到他的期待
會在一瞬間幻滅。
為什麼呢？
因為剛剛闖進來的三個人
也馬上被魯巴列和波魯
綁了起來。

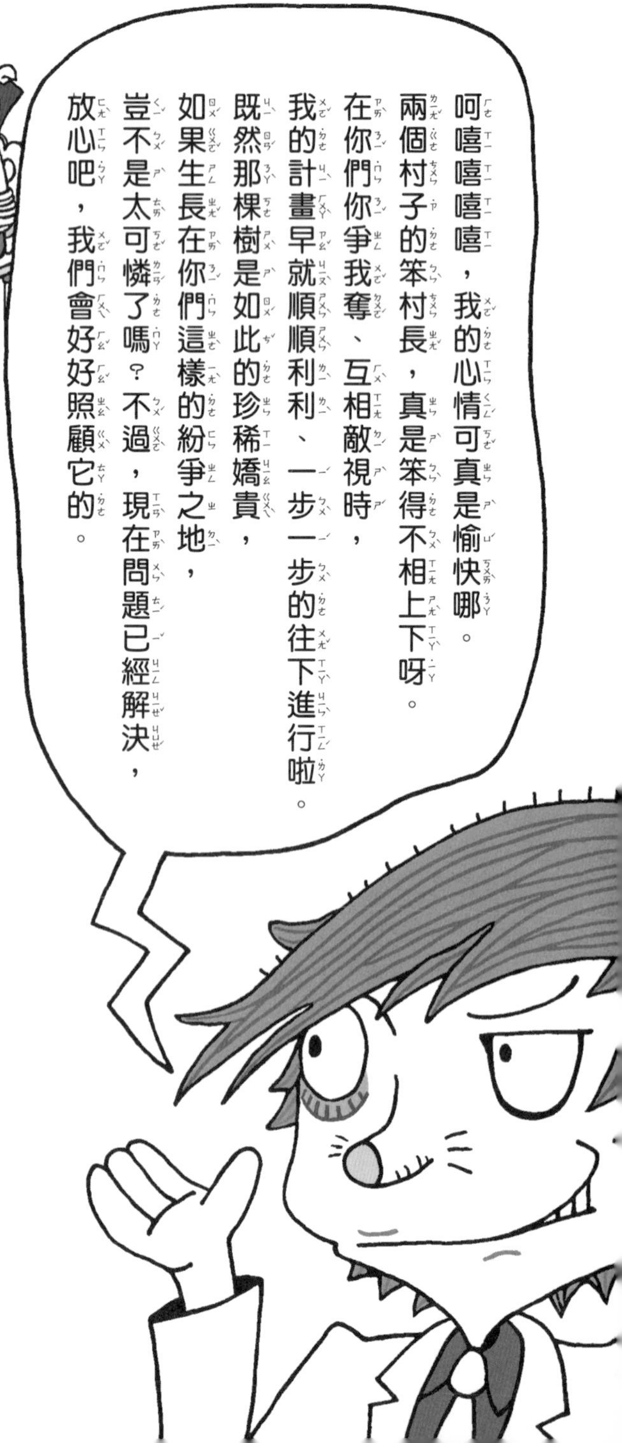

呵嘻嘻嘻嘻，我的心情可真是愉快哪。兩個村子的笨村長，真是笨得不相上下呀。在你們你爭我奪、互相敵視時，我的計畫早就順順利利、一步一步的往下進行啦。既然那棵樹是如此的珍稀嬌貴，如果生長在你們這樣的紛爭之地，豈不是太可憐了嗎？不過，現在問題已經解決，放心吧，我們會好好照顧它的。

這些話聽在兩位村長耳朵裡，真的是非常刺耳。他們兩人都低垂著頭，不說一句話。

時間沉重而緩慢的
流淌過去時——

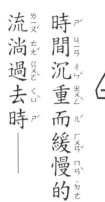

魯巴列和波魯，快速的穿過地板門，
進入地下後就喀嚓一聲鎖上門，
然後向隧道深處走去，
消失了蹤影。
留下來的所有人
都無計可施，
就在

叩咚、叩咚，桌上的神燈一點一點朝著波爾基移動。

是佐羅力和伊豬豬他們正從神燈內側用力踢呀踢，讓神燈動了起來。

「啊，我知道了。佐羅力大師的意思，是讓我們用神燈上的燭火燒斷繩子。波爾基，做好準備嘍。」

魯豬豬從鼻子吹出氣來，

將擋住神燈去路的東西都噴飛。
波爾基將椅背轉過去，
把繩索打結處，朝著神燈移動
而來的方向靜候著。
桌子另一頭的神燈，傾斜著燈身，
正準備在波爾基的繩索上點火。
但這時，卻因為一個不穩，
往下滑落。
「啊——」

看我的！

真是千鈞一髮。

魯豬豬用牙齒緊緊咬住神燈的把手，順利的將綁住波爾基的繩索燒斷了。

波爾基連忙幫其他人解開繩索，大家一起跑到白板那兒仔細看。

兩位村長心中漲滿對魯巴列的憤怒，也深深反省著他們彼此至今的對立。

「從現在開始改變，還不算晚。」

「對，讓我們兩座村莊
一起同心協力來守護那棵樹吧。」

兩位村長緊緊握手後，
各自奔回自己的村莊。
波爾基也抓住神燈，牽起小蜜的手，
隨後飛奔而去；
他們要去確認
那棵大樹是不是還平安。

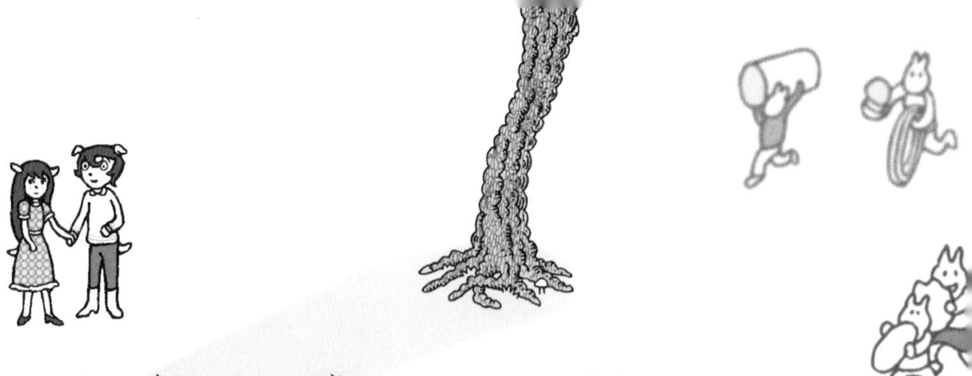

所幸大大樹尚未被偷走。

這時，受到村長召集來的兩村村民，大家陸陸續續的聚攏過來。

他們所搬來的東西愈積愈多。

這些東西要用來堆起路障，讓魯巴列他們無路可逃。

不只如此，為了在奪回大大樹的過程中，不會傷害到樹，

路障　為了預防敵人攻打在道路中築起各種屏障，用以阻擋對方前進。

他們還準備了許多可以當作緩衝物的床墊和被褥。

這是兩座村莊的村民第一次合作。

由於缺乏默契，又出了很多狀況，花費了不少時間，就在所有準備工作都就緒之前——

從地底
冒出的那臺

魯巴列的車子，
車斗上正運載著大大樹。
波爾基挺身擋在車子前，
他用力摩擦神燈，
一邊大喊。

我要許第二個願望了！燈神，請把魯巴列和波魯這兩個人全部抓起來！

不過，佐羅力他們並沒有現身。

因為神燈的燈嘴裡被塞了厚厚的蠟燭，所以他們出不來。

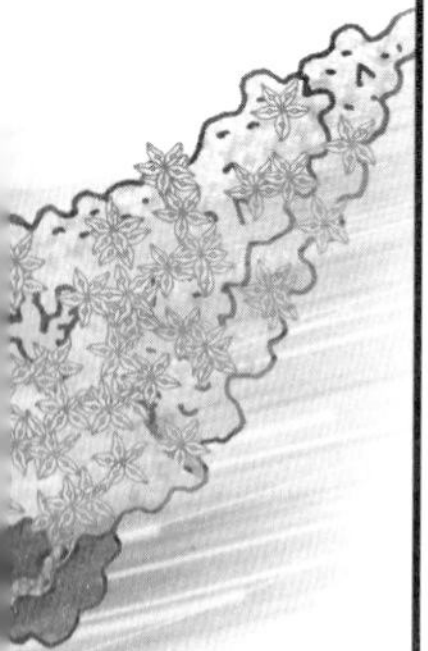

「唉呀呀，

這個黃金燈，
我看呢，
也一起讓我當作禮物
拿走好了。不好意思嘍。」

魯巴列從波爾基手中
搶走神燈，
再一把將他推開，車子加速開走。
然而，前方正是
村民合力做好的路障。

只是，這樣的障礙物，
對魯巴列的車子造成不了威脅。

只見它
左衝右撞，不久就
突破了路障。

村民們
看到
這一幕，

再一次體會到
大大樹對兩座村莊來說，
是一項無可取代的珍貴財產，
也是大家應該要好好一起看重、
一起守護的東西。
然而，這樣的體會來得太晚了。
他們除了眼睜睜看著它被搶、
靜靜的目送它遠去，什麼都不能做。
不過就在這時，

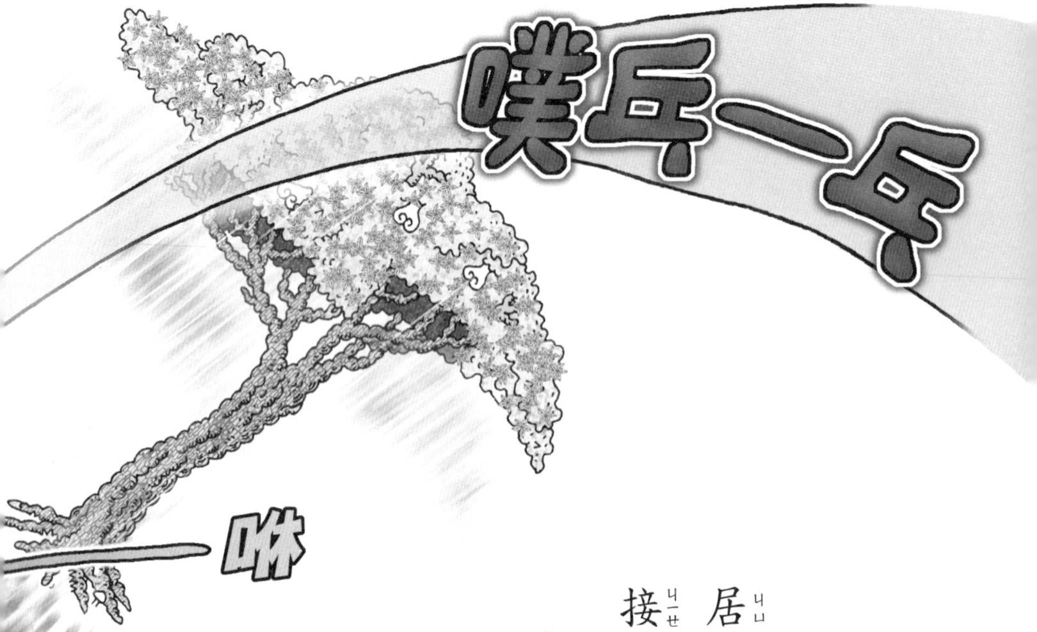

正要越過山丘的車子，
居然從駕駛座上傳來巨大的聲響，
接著是緊急煞車，然後整臺車一陣
劇烈的彈跳，
結果，
車斗上的大大樹
就這樣，
被高高的
拋向空中。

「糟了！必須快點去保護我們的樹！」

村民紛紛抱起被褥和床墊等物品，大家一塊兒向前跑去。

他們拚命的往前跑，
一直跑到眼看著大大樹就要落下來的地方，
猛的張開一床床單，
床單下方則堆疊了床墊、坐墊、枕頭，
很快的做好一個
軟綿綿的緩衝物。
真是完美的合作呀！
由於大家同心協力，
大樹被溫柔的接住了，

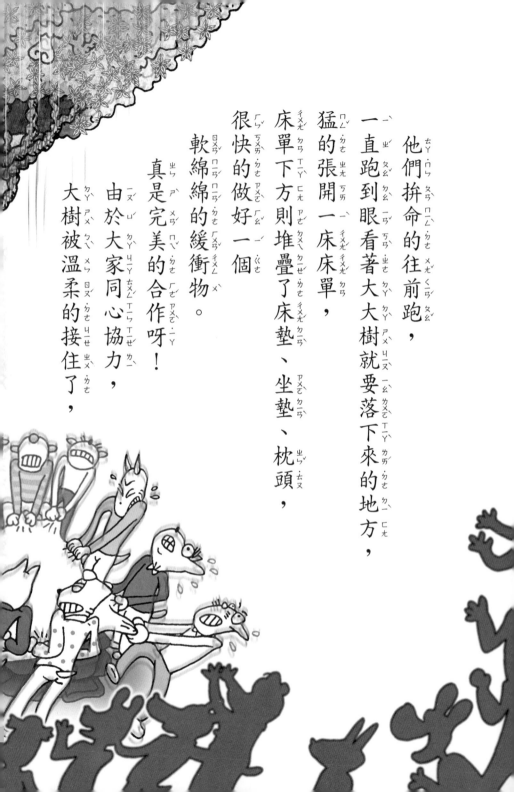

安安全全、沒受一點傷的平安回到村民手上。

「哇——」

兩座村莊的村民全都開心得蹦蹦跳跳，他們互相擁抱、彼此勾肩搭背，一起沉浸在喜悅中。

而佐羅力則把魯巴列，

還有波魯綁起來，
從車子駕駛座那兒帶過來。

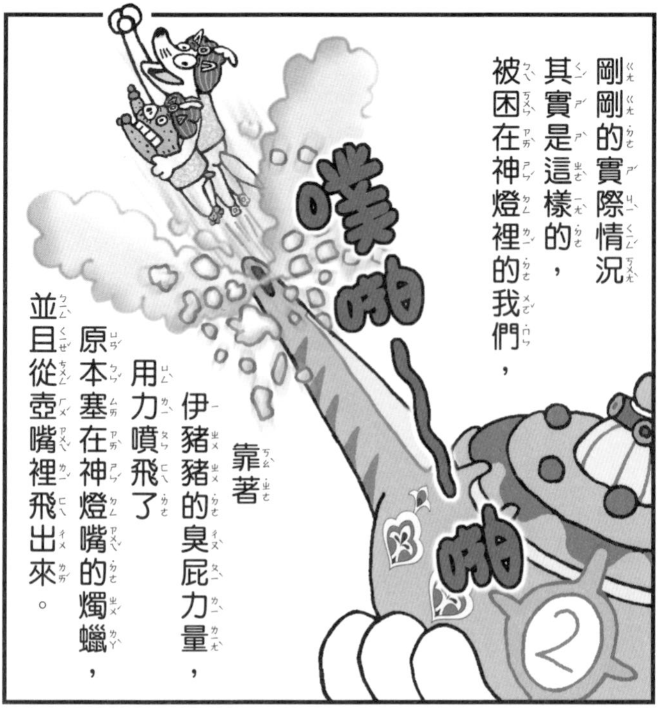
剛剛的實際情況
其實是這樣的，
被困在神燈裡的我們，
噗啪～
啪
靠著
伊豬豬的臭屁力量，
用力噴飛了
原本塞在神燈嘴的蠟燭，
並且從壺嘴裡飛出來。

注滿整個駕駛座，
由於實在太臭了，

趁著那個時候，

我拉煞車桿的時候，把這邊給弄傷了。
哇——看起來很痛耶，你還好吧？
嗚嗚嗚

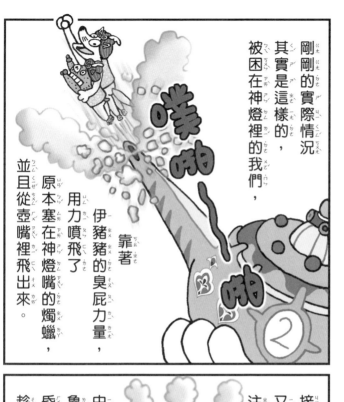

伊豬豬
拉下
煞車桿，
停住車子，

本大爺也
馬上
將他們兩人
綁起來。

當佐羅力將他所抓到的魯巴列他們交出來的時候，波爾基的第二個願望也達成了，於是佐羅力與伊豬豬便被吸回神燈裡。

這時，

給你

小蜜跑向波爾基，對他說：

「波爾基，我們兩座村莊終於在相互合作之下保護了大樹。今後村民應該不會再敵視對方，這樣一來，我們也可以在所有人的祝福下結婚了。」

面對著歡欣雀躍的小蜜，
波爾基臉上卻籠罩著陰霾，
「小蜜，請原諒我……
我、我沒辦法……」
他的話剛剛說完，
就開始摩擦神燈，
因為，這是他與
佐羅力他們的約定。
接著，

波爾基對著從神燈裡現身的佐羅力和伊豬豬說：

佐羅力先生，謝謝您。因為有您的幫助，才能讓兩座村莊的關係變好。那麼，就由我代替兩位到……

但佐羅力卻在波爾基想講出第三個願望之前，先伸手阻擋他繼續往下說。

就當作我們沒這個約定吧。

波爾基應該和小蜜結婚，
然後要成為兩座村莊的領導人。
本大爺會再去找一個更適合擔任燈神的傢伙。
波爾基，就請你替魯豬豬完成他的願望吧。

佐羅力將魯豬豬往前推。

魯豬豬喜孜孜的拜託波爾基實現他的願望。

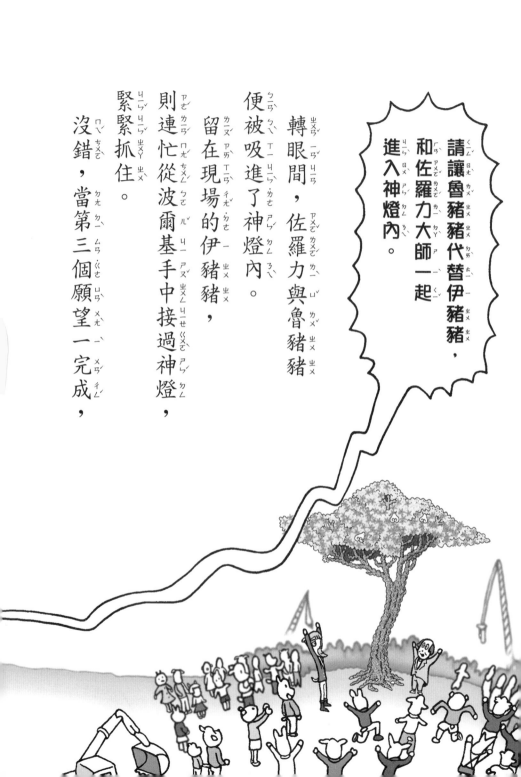

請讓魯豬豬代替伊豬豬，和佐羅力大師一起進入神燈內。

轉眼間，佐羅力與魯豬豬便被吸進了神燈內。

留在現場的伊豬豬，則連忙從波爾基手中接過神燈，緊緊抓住。

沒錯，當第三個願望一完成，

神燈就咻的一聲不知飛往哪裡去了。

要保重呀——還有要幸福哇——
佐羅力先生，謝謝你們。
原來這個世界上真的有神燈耶。

神燈帶著伊豬豬，遠遠的消失在天空的那一頭。

神燈降落在一個不知名的地方。請看看他們三人在那兒的狀況如何吧。
佐羅力大師，為什麼你會知道我的願望呢？
很容易就知道啦！魯豬豬，你一直都露出很羨慕的表情盯著伊豬豬的食物看，對吧？是不是覺得不太甘心？
答對了。
自己一個在外面的魯豬豬，完全看不到神燈裡面的狀況，一定很羨慕佐羅力大師和我吧。
像這樣只能在外面聽到他們講話，就會不知不覺的想，他們好像很開心，一定正在吃什麼好吃的吧。

現在這狀況呢，
等於又回到起點，
不過，本大爺一定會
讓大家看到我們
從神燈脫身的！
可是，本大爺進入神燈
實際體驗後發現，
並沒辦法像那位燈神一樣
使用魔法，
替人們完成神奇的願望。
所以呢，
還是只能找出那位燈神
來和我們進行交換。
來，伊豬豬，
這次就靠你了，
帶路吧！
所以呢，佐羅力和魯豬豬
兩人還待在神燈裡。
隨後，他們即將展開
尋找燈神的大冒險。
佐羅力能夠如願的
脫離神燈嗎？
請大家繼續看
下一集喔。

作者簡介

原裕 Yutaka Hara

一九五三年出生於日本熊本縣，一九七四年獲得KFS創作比賽「講談社兒童圖書獎」，主要作品有《小小的森林》、《手套火箭的宇宙探險》、《寶貝木屐》、《小噗出門買東西》、《我也能變得和爸爸一樣嗎？》、【輕飄飄的巧克力島】系列、【膽小的鬼怪】系列、【菠菜人】系列、【怪傑佐羅力】系列、【鬼怪尤太】系列、【魔法的禮物】系列等。

譯者簡介

周姚萍

兒童文學創作者、譯者。著有《我的名字叫希望》、《山城之夏》、《妖精老屋》、《魔法豬鼻子》等作品。譯有《大頭妹》、《四個第一次》、《班上養了一頭牛》、《那記憶中如神話般的時光》等書籍。曾獲「文化部金鼎獎優良圖書推薦獎」、「聯合報讀書人最佳童書獎」、「幼獅青少年文學獎」、「國立編譯館優良漫畫編寫」、「九歌年度童話獎」、「好書大家讀年度好書」、「小綠芽獎」等獎項。

國家圖書館出版品預行編目資料

怪傑佐羅力之佐羅力變成燈神〜了!
原裕 文、圖;周姚萍 譯 --
第一版. -- 臺北市:親子天下, 2019.01
104 面;14.9x21公分. --(怪傑佐羅力系列;51)
注音版
譯自:かいけつゾロリのまほうのランプ〜ッ
ISBN 978-957-503-222-7(精裝)
861.59 107021231

怪傑佐羅力系列 51

怪傑佐羅力之佐羅力變成燈神〜了!

作者|原裕(Yutaka Hara)
譯者|周姚萍
責任編輯|陳毓書
特約編輯|游嘉惠、陳韻如
美術設計|蕭雅慧
行銷企劃|高嘉吟

天下雜誌群創辦人|殷允芃
董事長兼執行長|何琦瑜
兒童產品事業群
副總經理|林彥傑
總監|林欣靜
版權專員|何晨瑋、黃微真

出版者|親子天下股份有限公司
地址|台北市104建國北路一段96號4樓
電話|(02)2509-2800
傳真|(02)2509-2462
網址|www.parenting.com.tw
讀者服務專線|(02)2662-0332
週一~週五:09:00~17:30
讀者服務傳真|(02)2662-6048
客服信箱|bill@cw.com.tw
法律顧問|台英國際商務法律事務所・羅明通律師
製版印刷|中原造像股份有限公司
總經銷|大和圖書有限公司
電話|(02)8990-2588

出版日期|2019年1月第一版第一次印行
2022年3月第一版第十次印行
定價|300元
書號|BKKCH019P
ISBN|978-957-503-222-7(精裝)

訂購服務
親子天下Shopping|shopping.parenting.com.tw
海外・大量訂購|parenting@cw.com.tw
書香花園|台北市建國北路二段6巷11號
電話|(02)2506-1635
劃撥帳號|50331356 親子天下股份有限公司

每讀新聞

「那兒村」與「這兒村」正式合併為「那兒這兒村」

打破敵視三百二十年的隔閡 兩座村莊關係言歸予好

為了一小塊土地的問題，「那兒村」與「這兒村」的村民相互敵對了三百二十年之久，爭吵不休，不相往來。一棵被列為瀕危物種的大大樹所有權的歸屬，更成為爭執的焦點，雙方經常爆發衝突。

然而，有人覬覦這棵大大樹，甚至意圖偷盜，當兩村居民知道這件事以後，彼此撤下心結，合力守護大大樹。由於「守護大大樹」的共同目標，兩村居民盡釋前嫌、和平共處，近日決定將兩村合併為一村。

相關人員表示，他們今後要積極培育大大樹，開發觀光資源，建設更美好的遠景。

大大樹即將成為 最熱門的能量景點

根據隨後的調查，引發事件的大大樹，確認是波爾基與小蜜這對伴侶，在念小學時，為了促使兩村的村民修復關係而種植的。

前幾天，由於波爾基與小蜜舉辦了可喜可賀的結婚典禮，這棵大大樹因此被冠上「和平樹」、「姻緣樹」等美名，並成為觀光客蜂擁而至的能量景點。

這也是村落往觀光勝地發展的唯一契機，因此，「那兒這兒村」決定在大大樹的開花時節，也就是十月，盛大的舉辦「大大樹祭典」。